AF329351

Y.e

19185

COUP-D'ŒIL

D'UN SOLITAIRE,

RÉFUGIÉ DANS LE CANTON DE FRIBOURG,

SUR L'ÉTAT DE LA FRANCE.

Ce n'eſt point m'arracher du ſein de mes parens,
Et la fuite eſt permiſe à qui fuit ſes tyrans.

RACINE.

Quand du fond des enfers la Diſcorde élancée,
L'œil en feu, de ſerpens la tête hériſſée,
Et, du haut de nos murs, agitant ſes flambeaux,
Eut ſur nous à la fois appelé tous les maux :
Quand j'ai vu par débris tomber ce vaſte Empire,
Le peuple ivre de ſang ſe plaire en ſon délire,
Un Sénat faƈtieux, au nom ſacré des Loix,
Ravir nos biens, briſer le ſceptre de nos Rois ;
Parmi ces attentats l'audace & le blaſphême,
Juſqu'au pied des Autels inſulter Dieu lui-même,
Et l'Athéiſme altier, dans ſes fougueux tranſports,
Braver avec le Ciel la honte & les remords,
Par-tout l'impiété régnant avec le crime ;
A cet horrible aſpeƈt, je te l'avoue, Alcime,
Mon cœur ſenſible & fier ne pouvant plus tenir,
Indigné du préſent, tremblant pour l'avenir,

A

On me vit arrofer mes foyers de mes larmes,
Et fuyant un féjour plein de trouble & d'alarmes,
Pour retrouver les mœurs, l'air pur de l'âge d'or,
J'ai, loin de nos cités, ami, pris mon effor
Vers ces climats heureux, ces montagnes chénues,
Ces rochers fur rochers entaffés jufqu'aux nues,
Thrône des aquilons, théâtre des hivers,
Majeftueux fommets, vieux comme l'Univers,
Dont les fronts élevés & les bafes profondes,
Tiennent en équilibre & la terre & les ondes;
Immenfes atteliers, où, fur les mêmes plans,
Crée, enfante fans ceffe, agit la main du Tems,
Forge l'or, les métaux, les plus riches matières,
Fait couler les torrens, les fources, les rivières;
Inattaquables forts, où la noble fierté,
La vigueur, le courage ont toujours habité;
Foyer d'enthoufiafme & de hautes penfées,
Des enfans du génie école & vrais Lycées;
Dernier afyle, enfin, dans ces jours corrupteurs,
Pour la paix, l'équité, l'innocence & les mœurs.

O champs aimés des cieux! vertueufe Helvétie!
O fortuné Fribourg, ma nouvelle patrie!
C'eft là qu'aux pieds des rocs & des monts fourcilleux,
Que baigne la Sana de fes flots orgueilleux,
Témoin des feuls combats que, fur ces âpres faîtes,
Se livrent les Autans, la foudre & les tempêtes,
Tantôt au bord des lacs, aux fites les plus frais,
Tantôt dans l'épaiffeur des immenfes forêts:
C'eft là que contemplant mille beautés fauvages,
Au fein de la nature & d'un peuple de fages,

Sans cesse à mon esprit rappelant nos malheurs,
Du fort je vois pour moi s'appaiser les rigueurs.

Avec leurs saints travaux, leur costume & leurs rites,
Là sont aussi fixés ces pieux Cénobites ;
Que naguère a reçus , dans les plus doux transports ,
Ce Peuple hospitalier sur ses paisibles bords ;
Et nous, indignes d'eux , barbares que nous sommes,
Nous les avons chassés , ces vénérables hommes.
Cependant, cher Alcime, à l'ombre de leurs bois,
Chérissant la Patrie , & respectant les Loix,
Devant l'Être éternel prosternés en silence ,
Ou du fruit de leurs champs nourrissant l'indigence ,
Brûlant du feu sacré des antiques Chrétiens ,
Comme eux foulant aux pieds la terre & ses faux biens,
Comme eux simples & bons, affables à leurs hôtes ,
S'élevant en secret aux vertus les plus hautes,
Fuyant nos passions , mais plaignant nos erreurs ;
Par cette ardeur de foi, par ce zèle & ces mœurs,
Ils avoient parmi nous ramené sur la scène
Le siècle des Pacôme , & le tems des Arsenne ;
Et s'ils déconcertoient notre foible raison,
Leur sagesse , du moins , nous servoit de leçon.
Mais à des cœurs glacés par la Philosophie ,
Allez parler de zèle & d'une sainte vie ;
Il faut à ces cœurs secs , à ces ames de fer ,
Il faut de vains discours , un ton tranchant & fier ;
Dans leur génie atroce, & leurs systêmes sombres,
Il leur faut des malheurs, des tombeaux, des décombres.

Proscrits donc, foudroyés par le décret fatal ,
Victimes à leur tour du Sénat infernal ,

On les a , fans pitié , ces doux Anachorètes ,
Forcés de s'exiler de leurs faintes retraites.
Aux infolens dédains de nos Dévaftateurs ,
Je les ai vus , Alcime , étouffant leurs douleurs ,
Dans leur fuite fuivis des vertus éplorées ,
Humblement fe traîner à travers nos contrées ,
Et chercher , l'âme en paix , loin de ces lieux cruels ,
Un peuple plus humain , le calme & des Autels.
Ami des malheureux , ami de la juftice ,
Fribourg leur tend les bras, & leur ouvre un hofpice.
    Au-deffus du baffin où , par de longs détours ,
Le fleuve eft indigné de fufpendre fon cours,
Près de riches côteaux , affez loin de la ville ,
Entre des bois touffus eft un défert tranquille ,
Où de Bruno jadis des difciples zélés ,
Sous de communes loix vécurent raffemblés ,
L'hiver les en bannit. On voit encor les reftes
De leurs humbles foyers , des cellules modeftes.
En face eft un rocher , d'où l'œil a pour tableau
Le plus fuperbe enfemble & l'afpect le plus beau.
C'eft là que loin du bruit, dans fon enclos champêtre ,
Val-fainte , de Rancé voit les enfans renaître ;
Tout entiers à leur Dieu , la grâce du malheur
N'a fait que redoubler , qu'accroître leur ferveur.
O que de chants de joie & de reconnoiffance !
Que de tendres foupirs ! que de vœux pour la France !
Au labeur tout le jour , en oraifon la nuit ,
Déjà leur nom par-tout dans ces lieux retentit ,
On publie à l'envi leurs vertus , leurs louanges ,
On accourt, on veut voir & contempler ces anges ;

Je ne fais quel attrait m'y fait auffi voler ;
Cher Alcime, avec eux je viens me confoler,
Mais plus fouvent encor j'y viens verfer des larmes.
Eh, quels fujets, grand Dieu, de plus juftes alarmes !
Qui pourroit y penfer fans un torrent de pleurs !
Le défordre en nos murs, la haîne dans les cœurs,
Les plus doux nœuds rompus, la fœur contre le frère,
L'ami contre l'ami, le fils contre fon père ;
Au lieu de ce pouvoir légitime & facré,
Par nous, par nos ayeux de tout tems révéré,
Des tyrans, ou plutôt, des tigres en furie
Déchirant par lambeaux le fein de la Patrie ;
Un infortuné Roi, pour prix de fes bienfaits,
Lâchement outragé, captif dans fon Palais,
Forcé, fous le poignard de fujets fanatiques,
De fceller de fes mains des décrets anarchiques,
D'applaudir à fa honte, & devant l'Univers,
De jurer qu'il eft libre, en ployant fous fes fers ;
L'honneur humilié, le crime dans la gloire,
Ecrafant la vertu fous fon char de victoire ;
Biens, titres envahis, tous les droits violés,
Vingt mille malheureux par la rage immolés,
Leurs demeures en cendre, & la fcélératelle
Joignant à ces forfaits fa féroce alégrelle ;
Plus de frein, la pudeur & l'humble piété,
En vain, même aux Autels, cherchant leur fûreté ;
Là des accens de mort, des fcènes revoltantes,
Sous des rameaux fanglans nos vierges expirantes,
Nos Prêtres, par la main de brigands forcenés,
Sur le pavé du Temple indignement traînés....

A 3

Mais non , pour signaler le code incendiaire ,
Ce n'étoit pas assez que d'un seul hémisphère ;
Vois , au-delà des mers , ce volcan sulfureux
Exhalant ses vapeurs & vomissant ses feux ,
Dévorer en un jour deux cens ans d'industrie ,
Vois , le fer à la main , la révolte enhardie ,
Massacrer chefs , époux , femme , vieillard , enfant ,
Renverser loix , cités , noyer tout dans le sang ,
Et le plus beau séjour , des plaines si fécondes ,
La source des trésors naguère des deux mondes ,
Au Commerce éploré , sur son triste comptoir ,
N'offrant plus que désastre & qu'un long désespoir.

D'un peuple trop crédule Adulateurs perfides ,
Vantez-donc aujourd'hui , Sophistes homicides ,
Vantez-nous vos succès , vos triomphes brillans.
Voyez , en est-ce assez , cruels ? ou non contens ,
Dans votre affreux orgueil , de pareilles conquêtes ,
D'avoir accumulé tant de maux sur nos têtes ,
Auriez-vous résolu par un crime nouveau ,
De mettre tout entier l'Univers au tombeau ?
Et pourtant c'est parmi ces fureurs intestines ,
A travers ces buchers , ces meurtres , ces ruines ,
Que , flottant tous les jours à la merci du sort ,
Il nous faut affronter la misère ou la mort.
Quel destin fut jamais , ami , plus lamentable !

Il seroit , toutefois , peut-être supportable ,
Mais songe , songe , Alcime , à ce complot pervers ,
A ce plan réfléchi , né sans doute aux Enfers ,
D'arracher de nos cœurs jusqu'à notre foi même ,
De nous rendre méchans , vicieux par système ;

Pour nous précipiter dans ce goûffre fans fond,
Suis de nos Impofteurs l'art perfide & profond.
Depuis long-tems entr'eux, vois leurs fourdes intrigues,
Leurs ténébreux efforts, leurs cabales, leurs brigues,
Leurs manèges adroits, furtout auprès des Grands,
Contre les gens de bien leurs farcafmes mordans :
Vois pour les fcélérats leur coupable molleffe,
Leur étude à féduire, à flatter la jeuneffe ;
Tant de pièges tendus à fa fimplicité,
Tant de leçons de vice & d'incrédulité.
Rappelle, fi tu peux, ce déluge d'ordures,
De fcandaleux écrits, d'exécrables brochures,
Ce fanatifme enfin, cette active fureur
Contre notre Loi fainte & fon divin auteur.....

    Ils couvoient tous ces feux fourdement dans les âmes,
Et pour éclore au jour, & propager leurs flames,
Alcime, ils n'attendoient qu'un moment, qu'un fignal.
Il n'eft que trop venu pour nous ce jour fatal,
Ce moment, cet éveil. Le même coup de foudre
Qui renverfe le Thrône, a mis l'Autel en poudre,
Temples, Culte, Pafteurs, Croyance, Mœurs, Vertu ;
Hélas ! oui, mon ami, nous avons tout perdu.
Car ces reftes mourans, cette creufe effigie
D'un Sacerdoce aride & déformais fans vie,
Cette Foi mutilée, & ce Rite bâtard
Sortis hier des mains d'un Camus, d'un Treilhard,
Eft-ce-là, dis-le moi, cet immortel ouvrage,
Cet augufte dépôt, & ce bel héritage,
Que jadis aux humains laiffa lui-même un Dieu ?
    Et ce ramas impur de Guides fans aveu,

De Miniftres gagés, de Prêtres mercenaires,
Libertins, renégats, fange de monaftères,
Un Chabot, un Hervié, Derviches impudens,
Un Grégoire, un Fauchet, ces modernes Mathans,
Tous ces chefs de menfonge inconnus à l'Eglife,
Voleurs, Loups raviffans qu'elle anathématife:
Ce trifte Epifcopat, en naiffant condamné,
Vain fantôme d'honneur, fquélette décharné,
Qu'avec armes, foldats & bandits pour cortège,
Tout-à-l'heure à nos yeux un prélat facrilège,
L'émule de Cranmer, l'effronté Talleyrand
Vient d'inftaller à force & de crime & d'argent,
Ce Paftorat d'intrus, ce régime adultère,
Quoi ! le prendrions-nous pour ce grand Miniftère,
Pour cet Apoftolat vénérable & divin,
Dont la fucceffion & la chaîne fans fin,
Par la mort ni le tems jamais interrompue,
Dans fon contour immenfe & fa vafte étendue,
Embraffant l'Univers, les fiècles, tous les lieux,
Par mille anneaux brillans de la cîme des Cieux,
Tient à Rome; & de-là, comme une ancre dans l'onde,
Attache notre Eglife aux fondemens du monde?
  Non, cher Alcime, non; crois que jamais l'erreur
N'aura ce caractère & ces traits de grandeur :
Qu'il n'eft pas libre à l'homme impie & téméraire
De tourmenter ainfi, de tronquer, de refaire,
D'arranger à fon gré l'œuvre du Tout-Puiffant;
Maître de fes deffeins, il a droit & prétend
Seul en régler la marche, & l'ordre & les limites :
C'eft à nous de refter dans les bornes prefcrites,

De l'entendre parler, & foumis à fa voix;
D'adorer en filence & de fuivre fes loix.
Voilà pour un Chrétien les oracles fuprêmes.
 En vain donc défiant Rome & fes anathêmes,
Et du fubtil fophifme épuifant les détours,
Elle croit cette Eglife, à peine de deux jours,
Vile écume des Clubs, impure Samarie,
Toute faignante encor de fon apoftafie,
Vainement elle croit de la fainte Cité,
Reproduire pour nous l'image & la Beauté;
Sans titre, fans pouvoir, fans formes canoniques,
Affife infolemment fur les chaires antiques
Des Denis, des Pothin, de tant de Saints Pafteurs,
Qui nous parlent encor par leurs vrais fucceffeurs,
L'infidèle, de mort frappée à fa racine,
Et portant fur fon front fa coupable origine,
Que peut-elle être aux yeux des enfans de la Foi,
Qu'un éternel objet de fcandale & d'effroi?
 Ah! qu'au pied d'un autel idolâtre & profane,
Miniftre d'un vain culte, & lui fervant d'organe,
Chaffant Dieu pour placer des Saints d'un goût nouveau,
Elle encenfe un Voltaire, & fête un Mirabeau:
Ou que, pour étayer fa caduque exiftence,
Des enfers à grands cris évoquant la puiffance,
S'entourant du parjure, appelant les fermens,
Elle étale en tout lieu l'appareil des tourmens,
Je le conçois, fans doute, & ce délire impie,
N'en attefte que mieux toute fon infamie.
Mais nous, Alcime, nous, pourrions-nous fur les pas
De cette légion d'indignes Apoftats,

Sottement entichés d'un prétendu civifme,
Comme eux, nous enfoncer dans les horreurs du fchifme ?
Nous, enfans de l'Eglife, élevés dans fon fein,
Nous, conduits pas à pas jufqu'ici par fa main,
Pourrions-nous, Fils cruels, indociles Ouailles,
Comme eux, l'abandonner, déchirer fes entrailles ?
  Et toi, Dieu de bonté, laifferas-tu toujours
A tant de maux enfemble un auffi libre cours ?
Serions-nous à jamais rejetés de ta face ?
Tes coups font-ils à mort, & n'eft-il plus de grâce ?
Je le fais, oui, Seigneur, contre toi trop longtems
Nous avons, cœurs ingrats, tourné tous tes préfens,
Abufé de tes dons, pris ta Loi pour des fonges,
Repouffé ta parole, adopté des menfonges.
Que n'avons-nous point fait ? Ce flambeau radieux
De la Religion qui brilloit à nos yeux,
Dont l'éclat dans la nuit de l'erreur & du doute,
Depuis quinze cents ans dirigeoit notre route ;
Ces grâces, ces clartés que tu nous prodiguais,
Ces jours que nous coulions à l'ombre de ta paix,
Ces biens même aux autels confacrés par nos Pères ;
Ces fonds religieux, qu'autour des fanctuaires,
Légua leur piété pour tes miniftres faints,
Comme auffi pour la veuve & pour les orphelins :
A quoi nous ont fervi, perfides ! ces offrandes,
Tant d'infignes bienfaits, des faveurs auffi grandes ?
Hélas ! à profaner encor plus tes bontés,
A mettre ainfi le comble à nos iniquités.
Nous l'avouons, Seigneur, cet excès de malice,
Tant d'abus révoltans provoquoient ta juftice,

Et toujours fufpendu, prêt à porter fes coups,
Ton bras devoit enfin s'appéfantir fur nous.
Frappe donc, Dieu puiffant, mais ne frappe qu'en père;
Vois nos maux, que nos pleurs défarment ta colère.
Protecteur de nos Rois, ô Dieu de Saint-Louis,
Non, n'abandonne pas cet empire des Lys:
Jette encor fur ces lieux quelques regards propices:
Souviens-toi qu'en tout tems, fous tes facrés aufpices,
La Vérité s'y plut, & qu'avec ton amour,
Les plus rares vertus y firent leur féjour.
Dans ces momens encor de crime & de vertige,
Quand tu daignes, Seigneur, nous montrer le prodige
De tant de faints héros, d'Athlètes de la foi,
Perfécutés, fouffrant & combattant pour toi;
Les uns contraints de fuir, d'errer à l'aventure,
Sans guide, fans fecours, fouvent fans nourriture:
Les autres, fans refpect pour leurs cheveux blanchis,
Par la force arrachés à leurs troupeaux chéris,
Et parmi les affronts, les clameurs inhumaines,
Traînés dans les cachots, battus, chargés de chaînes,
Ou devenus l'objet d'un barbare plaifir:
Eux, malgré tant d'horreurs, fans plainte, ni foupir,
Calmes, l'air ferein même, au fein de la fouffrance,
Soutenant d'Ifrael la foi par leur conftance,
Rendant à la vertu tous fes premiers attraits,
Ne prêchant que fupport, les Loix, l'ordre & la paix:
A ce touchant fpectacle, ô fuprême Sageffe,
Comment défefpérer d'un refte de tendreffe,
Et ne point fe flatter que tu n'a pas encor
De tes faveurs pour nous épuifé le tréfor!

Un jour seul, le soleil terminant sa carrière,
J'offrois, au bord du fleuve, à Dieu cette prière :
Quand vers moi, cher Alcime, un vieillard à pas lents
S'avance. Sa démarche & ses longs vêtemens,
Son front pâle, ses traits, son air de modestie,
Où je voyois empreinte une âme recueillie,
Tout en lui, tout m'annonce un de ces saints Colons
Venus pour habiter ces agrestes valons.
Il m'aborde : les vents, dit l'humble Solitaire,
Les vents à ton insçu, sur leur aile légère,
Viennent de m'apporter tes soupirs & tes vœux.
Sèche, sèche tes pleurs, Etranger malheureux.
Va, non, ajouta-t-il d'une voix expressive,
En me faisant asseoir près de lui sur la rive ;
Non, ne crois pas, mon fils, que tout soit sans espoir :
Encore quelque tems & Dieu te fera voir,
Qu'il est aussi pour nous ce qu'il fut pour nos Pères,
Un Dieu juste, mais bon. Ecoute des mystères,
Dont mon expérience & des faits réfléchis,
L'intérêt pour des lieux que toujours je chéris,
Et vingt ans de silence au sein de la retraite,
Me donnent quelque droit d'être ici l'interprète.
Ce long silence même entre nous si constant,
De notre Institut saint le premier fondement,
Contre les passions imposante barrière,
Dont la charité seule, active, hospitalière,
Quelquefois au besoin vient suspendre la Loi,
Crois que je ne l'enfreins en ce moment pour toi,
Ce silence sacré, qu'à dessein de t'apprendre
De grandes vérités qu'il faut te faire entendre.

Dieu qui tient en fa main la vie & le trépas,
Qui change & détruit tout, & feul ne change pas,
Dieu, mon fils, voit du haut de fon thrône immobile
Des empires humains l'édifice fragile,
S'écrouler, fe diffoudre & tomber à fes pieds.
Ils tombent, & leur chûte à nos yeux effrayés,
Des Princes amollis accufant l'indolence;
Et des peuples fans mœurs puniffant la licence,
Venge toujours la terre & le ciel irrité.
Louis.... mais ah! plutôt rappelons fa bonté,
Refpectons fes malheurs : la France corrompue
Ne nouriffoit que trop le venin qui la tue.
Une raifon fans frein, des fyftêmes hardis
Qui depuis quarante ans égaroient les efprits;
La plus folâtre ivreffe, un luxe fans mefure,
Des goûts blafés, des fens affamés de luxure,
L'Égoïfme, des cœurs morts à tout fentiment,
Sinon à l'intérêt, à la foif de l'argent;
Cette contagion du thrône à la chaumière,
Attaquant des vertus la féve nourricière,
En filtrant fon poifon dans le corps de l'État,
En avoit féché l'ame & flétri tout l'éclat.
Vers fa perte à grands pas avançoit la Patrie.
Tu la vois aujourd'hui dans fa trifte agonie,
Avec de longs efforts luttant contre fes maux,
Au moment de rentrer dans la nuit du chaos.
Mais c'eft, n'en doute pas, du fond de cet abîme
Que Dieu veut arracher cette grande victime,
Et la fauver, mon fils, par fes puiffantes mains :
Il nous attendoit là dans fes profonds deffeins..

Ouï, c'eſt par les excès de notre frénéſie,
Aux cris du ſang verſé par la philoſophie,
Au milieu des poignards, à la lueur des feux,
Et des débris fumans qu'elle étale à nos yeux,
C'eſt par là qu'il vouloit ce Dieu juſte, adorable,
De nous faire un exemple à jamais mémorable,
Nous frapper, nous guérir, nous montrer nos erreurs,
Et nous en corriger à force de malheurs.

Le métal ſort toujours plus épuré des flames;
Ainſi devoient auſſi ſe retremper nos ames,
Et prendre un nouveau luſtre à ce creuſet brulant.
Déjà même en effet quel heureux changement !
On penſe, on voit plus juſte, on ſe conduit en ſage;
Quelle ardeur pour le bien, dans les maux quel courage !
Comme dans tous les cœurs ſe rallume la foi !
Comme tout vrai Français aime encor plus ſon Roi,
S'attendrit ſur le ſort de ſa chère patrie,
Et plein du noir tableau de ſa gloire flétrie,
Gémit, pleure & ſoupire après l'heureux ſecours,
Qui doit lui ramener l'éclat de ſes beaux jours !

Tant de larmes, de vœux ne ſeront point ſtériles :
Ils reviendront les tems fortunés & tranquiles ;
Que dis-je, mon ami, déjà nous y touchons.
Vois renaître & briller l'eſpoir ſur tous les fronts,
Vois ſuccéder la paix, le calme à la tempête,
Et des bords de la tombe, en ſoulevant ſa tête,
La France enfin ſourire à ſes Libérateurs.

Mais il nous faut encor mériter ces faveurs.
O ! combien nous étions profondément coupables !
Il faut donc aujourd'hui, pour nous inexorables,

Frapper, immoler tout, vices, abus, défauts,
Tarir jusques au fond la source de nos maux,
Bannir loin de nos mœurs ce ton leste & frivole,
Ce mépris des devoirs, & cette audace folle,
Qui confond la licence avec la liberté :
Il faut, en écoutant l'augufte Vérité,
Rattacher nos esprits à la Raison suprême,
Et la prenant pour loi, pour modèle Dieu même,
Il faut, sur les débris des crimes abattus,
Relever parmi nous le thrône des vertus.

　　Ainsi m'entretenoit le saint Anachorète.
Alcime, il me sembloit voir, entendre un prophète
Dévoilant l'avenir & les secrets des cieux.
Combien il fit couler de larmes de mes yeux !
De ces larmes de joie & d'émotion tendre,
Qu'on a tant de plaisir, tu le sais, à répendre.
Deux fois, ayant osé lui demander son nom,
Je le vis héfiter, rougir..... enfin d'un ton,
Dont un souris modeste égaya la franchise :
Le scrupule un moment tient mon ame indécise ;
Tu me rends indiscret ; mais tu le veux, eh bien,
Souviens-toi donc, mon fils, du vieillard Paulinien.
Il dit, & regagna sa chère solitude.

　　Depuis ce tems, Alcime, exempt d'inquiétude,
Ces lieux déjà pour moi si frappans & si beaux,
Je leur trouve une pompe & des attraits nouveaux.
D'un espoir qui nous flatte illusions charmantes !
Ces grands bois, ces rochers, ces cascades bruyantes,
Ces étonnans glaciers, ces frimats éternels,
Du tonnerre & des vents ces accords solemnels,

Tous ces vaftes objets & leur magnificence,
Se liant dans mon âme au bonheur de la France,
Redoublent mon extafe & mes raviffemens.
Ami, viens partager mes tranfports, mes élans ;
Viens chez un peuple heureux, jufte & plein d'énergie,
Réunir à mes vœux les tiens pour la Patrie,
Et jufqu'au doux retour de fa félicité,
Des Alpes avec moi viens voir la majefté.

FIN.